GUÍA DE LECTURA

Escrita por Annabelle Falmagne
Traducida por Laura Soler Pinson

La perla

de John Steinbeck

JOHN STEINBECK

ESCRITOR ESTADOUNIDENSE

- **Nacido en 1902 en Salinas, California (Estados Unidos)**
- **Fallecido en 1968 en Nueva York (Estados Unidos)**
- **Algunas de sus obras:**
  - *De ratones y hombres* (1937), novela
  - *Las uvas de la ira* (1939), novela
  - *Al este del Edén* (1952), novela

John Steinbeck (1902-1968) es un escritor estadounidense cuyas novelas (*De ratones y hombres*, 1937; *Las uvas de la ira*, 1939; *Al este del Edén*, 1952, etc.) tienen como punto común un arraigo en su California natal y las difíciles condiciones de vida de las poblaciones rurales. Steinbeck, reportero en el *International Herald Tribune* durante la Segunda Guerra Mundial, recibe el Premio Nobel de Literatura en 1962. Varias de sus novelas han sido adaptadas a la gran pantalla y han contribuido a su popularidad.

LA PERLA

UN REGALO ENVENENADO

- **Género:** novela
- **Edición de referencia:** Steinbeck, John. 1987. *La perla*. Traducido por Francisco Baldiz. Barcelona: Luis de Caralt, colección *Biblioteca universal Caralt*. E-book en PDF
- **Primera edición:** 1947
- **Temáticas:** mal, tentación, racismo, avaricia

La perla, de John Steinbeck, es una novela publicada en 1947 que nos cuenta la historia de Kino, un pescador pobre mexicano, que encuentra una magnífica perla que espera poder vender para ser rico y, sobre todo, para acceder al conocimiento. Esta novela con tintes de relato resalta todas las desgracias de la familia de Kino tras la adquisición de la perla. El objetivo principal de *La perla* es denunciar las injusticias sociales que subsisten entre los habitantes de las ciudades y los indígenas, un tema que encontramos a menudo en la obra de Steinbeck.

El marco y el tema del descubrimiento de una perla de extraordinarias dimensiones ya se presentaban en el libro titulado *El mar de Cortés*, una novela que el autor redactó durante una expedición científica al golfo de California en 1940.

RESUMEN

Una modesta familia de pescadores indios que vive en México ve cómo su vida cambia drásticamente tras la aparición de una perla de un tamaño exagerado.

Kino, hombre joven y robusto, y Juana, impasible pero determinada, viven con su pequeño Coyotito en un pueblo indio de México. Una mañana, un escorpión pica al bebé. Esta picadura suele ser mortal para los niños. La felicidad empieza ya a resquebrajarse. Juana intenta extraer el veneno chupando la herida y, rápidamente, manda a Kino que llame al doctor. Sin embargo, el joven le responde que seguramente el médico no se molestará en desplazarse hasta el pueblo indio. Juana declara entonces que irán al médico ellos mismos acercándose a la ciudad, La Paz. Pero cuando llegan allí, este finge no estar en la consulta y se niega a curar al pequeño indio, puesto que sus padres no tienen dinero.

LA PERLA

Una vez han dejado atrás la ciudad, Kino decide salir a pescar perlas con ayuda de Juana, como hacen cada día, en la piragua del abuelo de Kino, el único bien que el joven indio posee y que le garantiza su supervivencia. Juana cubre con un cataplasma de algas oscuras el hombro de Coyotito, un remedio que salvará al bebé, y tras esto, la mujer sube en la embarcación. Durante la pesca, Kino descubre una perla magnífica de tamaño gigantesco.

Muy rápidamente, se extiende por todo el pueblo indio y por la ciudad el rumor de que Kino ha descubierto la perla más hermosa del mundo. En su cabaña, en la que se encuentran todos los habitantes del pueblo, el joven padre enumera todos los sueños que desea llevar a cabo gracias a la perla: casarse por la Iglesia, comprarse ropa nueva, adquirir un fusil y, sobre todo, permitir que Coyotito vaya a la escuela para que pueda acceder al conocimiento y no tenga que someterse así a la superioridad intelectual de los blancos. El deseo y la avidez se apoderan poco a poco de las mentes de los habitantes de la ciudad, que ven en Kino a un enemigo: a partir de ese momento, no cejarán en su intento de apoderarse de la perla, recurriendo a la astucia —como los vendedores y su comanditario— e, incluso, a la violencia, como lo demostrarán los misteriosos ataques que sufrirá Kino.

LA AVIDEZ

Ese día, al caer la noche, el cura llega a casa del joven padre para felicitarle por el descubrimiento y le recuerda que no debe olvidarse de la Iglesia. Después llega el médico que, aprovechándose de la ignorancia de Kino y de Juana, les hace creer que su hijo no está curado y le administra un brebaje que llevará al niño a la agonía.

Una hora más tarde, vuelve el médico a casa de Kino para «salvar» al bebé. Una vez que Coyotito está curado, el doctor pide sus honorarios a Kino. Este declara que le pagará al día siguiente, cuando haya vendido la perla. El médico finge no haber escuchado hablar acerca de la perla, y le propone a Kino guardarla en su cofre: Kino se niega, pero al hacerlo, mira instintivamente hacia el escondite en el que ha guardado su precioso tesoro. Durante la noche, alguien intenta desenterrar la perla, pero Kino le asesta un golpe con su cuchillo. El ladrón le devuelve el golpe y se escapa sin haber sido reconocido. Juana quiere desprenderse de esta perla que, en su opinión, solo les traerá desgracias, pero Kino sigue viendo todos sus sueños reflejados en ella.

LA VENTA

Al día siguiente, acompañados por la muchedumbre de habitantes del pueblo y de la ciudad, Kino y Juana van a la calle de los comerciantes de perlas. Kino no sabe que todos los comerciantes trabajan en realidad a las órdenes de la misma persona, y le hacen creer que son independientes para simular una competitividad y hacer bajar el precio al máximo. Así, el comerciante que Kino visita en primer lugar declara que la perla no tiene ningún valor, puesto que es demasiado grande y que, salvo los museos, nadie la querrá. Kino no le cree, así que el vendedor llama entonces a otros vendedores, cómplices, que establecen el mismo dictamen. Ciego de ira, el joven anuncia que irá a la capital para vender la perla, y escapa de esta manera a la trampa de los vendedores.

Cuando cae la noche, Kino sufre un nuevo ataque a manos de un desconocido. Queda herido, pero afortunadamente la perla no ha sido robada. Juana, atemorizada, le pide a Kino de nuevo que arroje al mar esa perla que considera maldita. Kino se niega, y arguye que él es el hombre. Le anuncia que, al día siguiente, tomarán la piragua e irán hasta la capital.

Juana accede o, al menos, eso parece: por la noche, intentará deshacerse de la perla, al presentir las desgracias que les traerá.

En el transcurso de la noche, Kino escucha que Juana se levanta e, instintivamente, la sigue. Entonces, se da cuenta de que quiere tirar la perla al mar y se lo impide golpeándola. Un desconocido escondido en la oscuridad lo ataca: Kino, para defenderse, lo mata. Tras haber ocultado su cadáver entre los arbustos, manda a Juana que vaya a buscar a Coyotito y que reúna algunos víveres para que puedan irse en piragua. Mientras tanto, va hacia la embarcación y descubre, ciego de ira, que alguien ha agujereado el fondo. Vuelve a la cabaña, en el centro del pueblo, con el objetivo de avisar a Juana: su casa está en llamas. Atemorizada, Juana se reúne con él; deciden esconderse en la cabaña del hermano de Kino, Juan Tomás, que hace creer a los demás habitantes del pueblo que Kino y su familia han muerto en el incendio. Kino le anuncia que van a huir.

LA HUIDA

Kino y su familia se ponen en camino inmediatamente. Solo se desplazan durante la noche y se afanan por borrar sus huellas, mientras que por el día descansan en un claro. Pero un día, Kino ve a dos tramperos y un jinete equipado con un fusil. Estos últimos se paran a su altura sin verles. Presas del pánico, Kino y Juana corren entonces hasta las montañas para refugiarse. Una vez allí, se esconden en una cueva. Los tramperos, que los han alcanzado, se instalan más abajo para pasar la noche. Entonces, Kino decide bajar furtivamente para agredir al jinete y robarle el fusil. Coyotito, que se ha quedado con Juana, gime, y el jinete, pensando que se trata de un animal, dispara en la dirección del ruido y mata al niño en el acto.

Kino sale disparado contra él y lo mata. También asesina a sus dos compañeros. Cuando se une a Juana, se da cuenta de que Coyotito ha sido alcanzado por una bala perdida. Juana y Kino vuelven entonces juntos hasta la ciudad. Kino, que por fin acepta el consejo de Juana, arroja la perla al mar.

ESTUDIO DE LOS PERSONAJES

KINO

Kino es un indígena mexicano. Al igual que los demás habitantes del pueblo, se asegura unos pobres ingresos pescando perlas. Joven y robusto, tiene un carácter determinado y está orgulloso de sus antepasados y de sus tradiciones (sobre todo de la piragua). No obstante, ese rasgo de su carácter se estanca cuando se encuentra en presencia de blancos, con los que se siente inferior. Las ganas de parecerse a los blancos también han disminuido la capacidad de Kino para crear nuevas canciones, rasgo típico de su pueblo. Solo le quedan los himnos de sus antepasados: poco a poco, se va alejando de sus raíces.

A lo largo de toda la novela, el carácter de Kino se va transformando. Al principio, desea con todas sus fuerzas poseer todos los atributos de los blancos (un fusil, el acceso al conocimiento, etc.): ya no quiere ser indio. A continuación, como consecuencia de sus diversas desgracias, se va uniendo poco a poco al mundo animal. Así, en la montaña, olisquea el suelo y se esconde en los arbustos como un animal perseguido. También pierde todo rasgo de humanidad cuando asesina a los dos tramperos y al jinete. El afán de lucro y la avidez han transformado a Kino.

JUANA

Juana es la joven esposa de Kino. Se encarga de llevar el hogar y se caracteriza por su dulzura y por su intuición.

Muestra un carácter fuerte y determinación cuando se trata de tomar decisiones urgentes: curar a su hijo Coyotito y tirar la perla al mar.

Como mujer, Juana está sometida a Kino, el hombre. Camina detrás de él durante la huida y jamás se enfrenta a él. Incluso cuando Kino la golpea, ella no se rebela y acepta su destino, puesto que Kino es un hombre. Sin embargo, a lo largo de la novela, Juana se va liberando de forma progresiva y se pone al mismo nivel que su marido. Así, al final de la historia, cuando la pareja vuelve a la ciudad, Juana camina junto a Kino. Presenta valentía y resistencia cuando sigue a Kino en su huida y se muestra digna frente a la muerte de su hijo.

Sin embargo, aunque Juana se mantiene a menudo en un segundo plano, sus ideas siempre están adelantadas con respecto a las de su marido: desde el principio, presiente que la perla trae mala suerte y es la primera que reacciona cuando a Coyotito le pica el escorpión.

LOS HABITANTES DEL PUEBLO/LOS INDIOS

Los habitantes del pueblo forman parte de la tribu de Kino. Participan en todos los acontecimientos importantes de la comunidad: así, acompañan a Kino y a su familia cuando van al médico y al comerciante de perlas.

Representan las costumbres ancestrales de los indígenas. No obstante, al igual que ocurre con el protagonista principal, se avergüenzan de sus orígenes: por ejemplo, el criado indígena del médico se niega a dialogar en lengua india con Kino. También envidian los bienes de los citadinos y el acceso al conocimiento. Sin embargo, al contrario que los ciudadanos, no ansían la perla y se alegran por el pescador.

La diferencia entre el resto de los habitantes del pueblo y Kino reside en el hecho de que este último desea salir de su condición social y superar los obstáculos puestos por los blancos. Los indios consideran que debería contentarse con el bajo precio que le ofrecen los comerciantes de perlas.

LOS HABITANTES DE LA CIUDAD/LOS BLANCOS

Los blancos viven en la ciudad. Son los colonizadores, y consideran a los indios como seres inferiores. El médico llega incluso a tratarlos de animales: dice que es doctor, no veterinario. Los blancos, corroídos por la avaricia, se aprovechan de la ignorancia de los habitantes del pueblo para alcanzar sus objetivos e intentar robar la perla. Nunca se dan por satisfechos con lo que tienen: así, el médico sueña con volver a París, a pesar de vivir en la opulencia.

CLAVES DE LECTURA

LA TEMÁTICA DEL CANTO

A lo largo de toda la novela, el canto marca el ritmo de los distintos acontecimientos y representa las emociones de Kino. Aunque Steinbeck nunca cita la letra de las canciones, el canto se integra por completo en la narración y es casi un personaje por sí solo: «una melodía salvaje, secreta, peligrosa, bajo la cual la Canción Familiar parecía llorar y lamentarse» (Steinbeck 1987, 13).

El canto está íntimamente ligado a la cultura indígena del protagonista. Al querer parecerse a los blancos, Kino acaba alejándose de esta cultura y se ve incapaz de componer nuevas canciones.

Distinguimos tres tipos de cantos en *La perla*:

- el canto de Bien: es el canto de la seguridad y de la familia que Juana canturrea cuando prepara el desayuno;
- el canto del Mal: evoca la picadura del escorpión, la avidez de los habitantes de la ciudad con respecto a la perla de Kino, los sucesivos ataques para robar la perla, etc.;
- el canto de la Perla: al principio, se trata de un canto de esperanza y de sueños, puesto que Kino los ve todos reflejados en la superficie de la perla; poco a poco, la perla va perdiendo su color y Kino ya solo distingue las desgracias que le ha traído.

LA COLONIZACIÓN

La historia de Kino se desarrolla en el contexto de la colonización de México. No podemos olvidar los hechos históricos probados: en 1519, Hernán Cortés (conquistador español, 1485-1547) desembarca en México con tropas armadas, en el momento de máximo apogeo del Imperio azteca. Durante los siglos XVI y XVII, los españoles colonizan de forma progresiva toda América Central, se apoderan de sus riquezas y se erigen como amos. A través de las masacres, imponen su religión y sus costumbres a los indígenas, a los que consideran una raza inferior.

En su novela, Steinbeck critica la colonización de los indígenas: en su opinión, los blancos menosprecian a los indígenas y se aprovechan de su ignorancia para engañarlos.

- capítulos 4 y 5: el médico hace creer a Kino que el veneno del escorpión sigue actuando y le da un brebaje. El objetivo es pedirle dinero a Kino por los cuidados.
- capítulo 4: el cura visita a Kino para recordarle la importancia de mostrarse caritativo con la Iglesia. Le cuenta que, «en los libros», se narra la historia del homónimo de Kino que pacificó México, y le invita a ser igual de generoso.
- capítulo 6: los comerciantes de perlas se ponen de acuerdo para obtener la perla de Kino al precio más bajo. Sin embargo, Kino, seguro del valor de su bien, no cree a los blancos.

Los indios, a su pesar y sin ser realmente conscientes, aspiran a ponerse al mismo nivel que los blancos, y empiezan a integrar las costumbres europeas en las suyas propias:

- capítulo 1: cuando el escorpión ha picado a Coyotito, Juana pronuncia una fórmula mágica india mezclada con un Ave María (tomado del cristianismo);
- capítulo 3: Juana desea con todas sus fuerzas que haya una perla gigantesca en la ostra que ha pescado Kino. Sin embargo, se dice que hay que ser modesta frente a Dios y a los dioses, haciendo alusión a la vez al Dios cristiano y a sus propias creencias;
- capítulo 4: Kino espera cumplir sus sueños gracias a la perla. Esos deseos consisten en tener un nivel de vida igual que el de los blancos: tener un fusil, ver a su hijo leer libros, casarse, tener zapatos, etc.

A través de *La perla*, Steinbeck quiere denunciar los estragos de la colonización, que considera intolerable y salvaje. Según el autor, los indios deberían enorgullecerse de sus costumbres y mantenerse fiel a ellas. Esta manera de analizar la situación nos remite a la vida del autor. En efecto, este último establece un paralelismo entre los indios y la vida rural en la que creció. Sus cortas estancias en la ciudad le bastaron para odiar a los citadinos y sus ganas de aplastar a los campesinos.

LA OPOSICIÓN BIEN/INDIOS-MAL/BLANCOS

En su novela, Steinbeck opone de manera explícita a los indios y a los blancos. Por sus costumbres, por sus ropas y por sus actitudes, simbolizan respectivamente el Bien y el Mal:

- desde el punto de vista de la alimentación, los indios ingieren una comida sana (tortas y alubias), mientras que los blancos comen azúcar en exceso (galletas o chocolate) hasta el punto de que algunos son obesos, como el médico;

- desde el punto de vista de la vestimenta, los indios utilizan ropas sencillas y usadas, que llevan de manera digna (cuando Kino y Juana van a vender la perla, se ponen sus mejores galas, que sin embargo, son viejas, y las llevan con orgullo), mientras que los blancos se visten con ropas lujosas y refinadas, pero parecen ir vestidos de manera grotesca, o incluso disfrazados (véase, por ejemplo, el médico);

- desde el punto de vista de la vivienda, los indios residen en cabañas sencillas, sin puertas, en las que la luz puede entrar, mientras que los blancos viven en la ciudad, en casas hechas con ladrillo y cemento. Además, hay puertas que compartimentan todas sus viviendas. Kino también debe hacer frente a la puerta del médico, que se cierra bruscamente cuando le pide ayuda;

- desde el punto de vista del diálogo, los indios hablan honestamente, sin rodeos, y son fácilmente influenciables, puesto que no sospechan que alguien quiera engañarles; por el contrario, los blancos emplean constantemente artimañas para alcanzar sus objetivos y son conscientes de que, gracias al conocimiento al que tienen acceso, pueden engañar fácilmente a los débiles.

PISTAS PARA LA REFLEXIÓN

ALGUNAS PREGUNTAS PARA PROFUNDIZAR EN SU REFLEXIÓN...

- Identifique en la novela los distintos pasajes que muestran que la ciudad es un «animal vivo».
- ¿Se nota en *La perla* la pasión del autor por la biología? Justifique su respuesta con ejemplos sacados del texto.
- Explique de qué forma el interior de la casa del médico nos revela su personalidad.
- Identifique el campo léxico del miedo en los tres primeros capítulos. ¿Es significativo y establece un paralelismo con respecto al desarrollo de la acción? Justifique su respuesta.
- Explique cuál es, para usted, el simbolismo de la presencia recurrente del perro negro de Kino.
- ¿Por qué cree usted que Juana insiste al final de la novela para que sea Kino quien arroje la perla al mar?
- Enumere los distintos elementos que demuestran, en los capítulos 9 y 10, que Kino se convierte poco a poco en una especie de animal.
- ¿Cuál es la visión que Steinbeck arroja sobre la colonización? ¿Qué acontecimientos de su vida han influido en su punto de vista? Explíquelo.
- ¿Qué otras novelas de Steinbeck se muestran como auténticas críticas sociales, como sucede en *La perla*?
- Cite otras novelas que también traten acerca de la historia de la colonización y compárelas con *La perla*.

PARA IR MÁS ALLÁ

EDICIÓN DE REFERENCIA

- Steinbeck, John. 1987. *La perla*. Traducido por Francisco Baldiz. Barcelona: Luis de Caralt, colección *Biblioteca universal Caralt*. E-book en PDF.

ADAPTACIÓN

- *La perla*. Dirigida por Emilio Fernández, con Pedro Armendáriz y María Elena Marqués. México: RKO Pictures, 1947.

EN RESUMENEXPRESS.COM

- Guía de lectura de *De ratones y hombres* de John Steinbeck.
- Guía de lectura de *Las uvas de la ira* de John Steinbeck.

www.resumenexpress.com

ISBN ebook: 9782806283740

ISBN papel: 9782806284884

Depósito legal: D/2016/12603/423

Cubierta: © Primento

Libro realizado por Primento, el socio digital de los editores